3 février 1892

OBJETS D'ART

ET D'AMEUBLEMENT

FAIENCES FRANÇAISES ET AUTRES

Porcelaines

BRONZES, OBJETS VARIÉS

Pendules, Orfèvrerie

MEUBLES

EXPOSITION PUBLIQUE

LE MARDI 2 FÉVRIER 1892

COMMISSAIRE-PRISEUR	EXPERT
Mᵉ PAUL CHEVALLIER	M. CHARLES MANNHEIM
10, rue de la Grange-Batelière, 10	7, rue Saint-Georges, 7

EXCELSIOR
IMPRIMERIE DEL ANT

CATALOGUE

DES

OBJETS D'ART

ET

D'AMEUBLEMENT

FAÏENCES DE ROUEN, NEVERS, ETC.

Porcelaines

BRONZES, OBJETS VARIÉS

Orfèvrerie

PENDULES ET MEUBLES ANCIENS

DONT LA VENTE AURA LIEU

HOTEL DROUOT, SALLE N° 5

Le Mercredi 3 Février 1892

à deux heures

Mᵉ Paul CHEVALLIER
COMMISSAIRE-PRISEUR
10, rue de la Grange-Batelière, 10

M. Charles MANNHEIM
EXPERT
7, rue Saint-Georges, 7

EXPOSITION PUBLIQUE

Le Mardi 2 Février 1892, de 1 heure 1/2 à 5 heures 1/2

Denis de Ricci

OC 5417

CONDITIONS DE LA VENTE

Elle sera faite au comptant.

Les Acquéreurs paieront *cinq pour cent* en sus du prix d'adjudication, applicables aux frais.

L'exposition mettant le public à même de se rendre compte de l'état des objets, aucune réclamation ne sera admise une fois l'adjudication prononcée

Paris. — Imp. de l'Art, E. MÉNARD ET Cⁱᵉ, 41, rue de la Victoire

DÉSIGNATION DES OBJETS

FAIENCES ET GRÈS

1 — NEVERS. Grand plat rond, décor bleu et manganèse, de style chinois : scènes familières dans des paysages.

2 — ROUEN. Plat rond et creux, décor bleu et rouille ; au fond, corbeille de fruits ; au bord, couronne de fleurs ét quadrillages ; au pourtour extérieur, motifs de ferronnerie.

3 — ROUEN. Bassin oblong à angles coupés, décor bleu et rouille : fleurs et galon.

4 — ROUEN. Plat rond, décor bleu : rosace et dentelle.

5-6 — ROUEN. Deux compotiers octogones, décor bleu : corbeille de fleurs et quadrillés.

7 — DELFT. Assiette à décor bleu : corbeille de fleurs.

8 — ROUEN. Deux petits lions assis, décor polychrome.

9 — ROUEN. Porte-huilier formé de deux récipients hexagones : fleurs en bleu.

10 — ROUEN. Christ en croix, dans un encadrement rocaille et au-dessus d'une cuvette formant bénitier.

11 — ROUEN. Bannette oblongue à angles coupés et deux

anses, à décor polychrome : personnages et habitations, dans le goût chinois.

12 — ROUEN. Bannette oblongue à deux anses, décor rayonnant bleu et rouille : armoiries, quadrillés, amours et mascarons.

13 — ROUEN. Deux pièces : compotier et assiette, décor à la corne.

14 — LORRAINE. Assiette à décor de roses et filet doré.

15 — MARSEILLE. Assiette ornée de fruits et fleurs.

16 — DELFT. Petite assiette, décor bleu, rouge et or, de style japonais : vase de fleurs.

17 — DELFT. Deux pièces : petite assiette à compartiments, contenant des Chinois, et plat décoré de fleurettes.

18-19 — RHODES. Deux plats de dimensions différentes, décor de palmettes.

20 — LORRAINE. Légumier couvert, à décor de fleurs en camaïeu carmin.

21 — TERRE DE LORRAINE. Boîte à fard; sur le couvercle, personnage couché.

22 — FAENZA. Plaque ronde à décor polychrome : armoiries.

23 — CASTELLI. Tasse et soucoupe à décor polychrome : sujets champêtres.

24 — FAIENCE HOLLANDAISE. Chalet placé sur un amas de rochers et auquel donne accès un escalier à nombreuses marches.

25 — FAIENCE ITALIENNE. Saucière à deux anses, décor polychrome.

26 — Vase sur piédouche, en terre vernissée marbrée.

27 — Théière en ancien grès gris d'Allemagne.

28 — Cruche en ancien grès d'Allemagne gris et bleu, à décor de mascaron et faux godrons; l'anse manque.

29 — Autre cruche en grès gris et bleu : armoiries et chimères.

30 — Deux pièces, ancienne faïence italienne : plat ovale à décors de grotesques et coupe présentant un amour.

31 — Deux saladiers, faïence française : pont sur une rivière, datés de 1804 et 1806.

32 — Bassin en faïence à décor de reflets métalliques rouge cuivreux.

33 — Deux pièces : coupe sur pied bas, faïence, genre italien; sujet antique, et plateau oblong en faïence, école de Palissy : le Christ lave les pieds aux apôtres.

34 — Deux assiettes en faïence, l'une à la haie fleurie, l'autre au Chinois.

35 — Deux plats variés hispano-mauresques à reflets cuivreux et rehauts de bleu.

36 — Grand plat en faïence, imitation de Rouen, décor bleu et rouille.

37 — Coupe en faïence : buste d'homme en costume Renaissance.

38 — Plat rond en faïence moderne : paysage.

PORCELAINES

39 — Service en porcelaine de Sèvres de 1838 et 1832, au chiffre de Louis-Philippe, décor doré : environ quatre-vingt-douze pièces : plats, assiettes, tasses, soucoupes, compotiers, saladiers, seaux, soupières, etc.

40 — Pot à eau en biscuit de Wedgwood, amours en rouge et relief sur fond noir.

41 — Quatre pièces, vieux Sèvres tendre : deux écuelles, dont l'une couverte, un présentoir et un couvercle ; décor de fleurs et oiseaux.

42 — Gobelet en vieux blanc de Chine à pourtour repercé à jour.

43 — Chien assis en porcelaine dure décorée au naturel.

44 — Quatre assiettes en porcelaine de Vienne : fleurs et sujet mythologique.

45 — Deux pièces en porcelaine d'Anspach : plat et compotier, fleurs et feuillages.

46 — Deux plats, l'un en porcelaine de Frankenthal, à fleurs et gaufrure ; l'autre en Saxe à fleurs.

47 — Deux figurines en porcelaine, genre Saxe.

48 — Compotier en porcelaine tendre, à fleurs.

49 — Deux pièces en vieux Chine, famille rose : bol et petit plat à fleurs.

50 — Plat en vieux Japon, à décor bleu, rouge et or, branches fleuries.

51 — Six pièces, même porcelaine : quatre assiettes à décor de fleurs et deux compotiers à décor rayonnant.

52 — Cinq tasses avec soucoupes en porcelaine de Saxe, fleurs en camaïeu carmin.

53 — Plateau oblong en porcelaine de Chine, décoré d'habitations en émaux de la famille verte.

54 — Petit vase en porcelaine craquelée de la Chine, décor de guerriers.

55 — Deux lions couchés en biscuit.

56 — Glace de forme contournée, à cadre de porcelaine dure, présentant des amours, feuillages, oiseaux, etc. ; elle est munie de deux bras à quatre lumières.

57 — Garniture de cheminée assortie à la glace précédente : pendule et candélabres à quatre lumières.

ORFÉVRERIE

58 — Deux flambeaux, style Louis XIV, en argent, à motifs de coquilles et entrelacs gravés et en relief.

59 — Porte-huilier ménagère en argent, avec burettes de cristal.

60 — Théière en argent, à pourtour godronné.

61 — Pot à lait en argent, à pourtour godronné.

62 — Cafetière en argent. Empire.

63 — Ravier en argent, en forme de barque, avec mât, grappin et quatre avirons.

64 — Salière bout de table en argent, avec récipients de cristal.

65 — Plat ovale en argent, bordure de perles.

66 — Plateau oblong à deux anses en plaqué.

67 — Carnet dans une reliure en argent gravé, présentant un calendrier perpétuel. Travail allemand. XVIIIe siècle. Accompagné d'un crayon.

BRONZES

68 — Statuette en bronze, à patine brune : Mercure prenant son vol. Ancien travail italien.

69 — Statuette en bronze : Guerrier debout vêtu à l'antique. Ancien travail italien. Socle en marbre noir.

70 — Deux flambeaux en bronze, à tige balustre et base carrée à angles coupés ; décor de trophées, bustes et feuillages. XVIIe siècle.

71 — Deux plaquettes en bronze, l'une présentant Flore et Cérès, l'autre à bords découpés : la Vierge et l'Enfant Jésus.

72 — Plaquette en bronze : le Christ crucifié entre les deux larrons.

73 — Statuette en bronze : le dieu de longévité assis auprès du cerf. Travail chinois.

74 — Marteau de porte en bronze : cartouche soutenu par deux amours. XVIIe siècle.

75 — Brûle-parfums en forme de chien de Fô. Bronze. Japon.

76 — Deux verrous en fer, à sujets de rinceaux et grotesques.

77 — Deux flambeaux en dinanderie, à tige balustre.

78 — Trois pièces en cuivre, décor de style persan : cuvette, pot à eau et vase de nuit.

79 — Quatre patères en bronze : têtes d'hommes.

OBJETS VARIÉS

80 — Éventail Louis XV, à monture de nacre et ivoire, gravés avec rinceaux dorés ; sur la feuille : sujet antique.

81 — Éventail Louis XV, à monture d'ivoire ajouré ; sur la feuille : allégorie de la moisson.

82 — Éventail Louis XVI, à monture d'ivoire ajouré et doré, feuille en soie peinte : la Mère de famille.

83 — Éventail Louis XV, à monture d'ivoire et nacre peints et dorés ; sur la feuille : offrande à une divinité.

84 — Éventail à monture d'ivoire, feuille peinte.

85 à 87 — Trois cadres Louis XIV, bois sculpté et doré.

88 — Lot de baguettes en bois peint.

89 — Cinq pièces : guitare, clarinette, cornemuse, tambourin et timbales.

90 — Petit groupe en bois sculpté : vieillard et enfant.

91 — Deux montres du xviiie siècle, dont l'une en argent.

92 — Instrument en ivoire pour la comparaison des unités de longueur de Paris, Londres, Cologne, etc.

93 — Deux candélabres à deux lumières en verre frotté d'or.

94 — Lanterne à main en cuivre.

95 — Deux tableaux : chevaux. Cadres Empire en bois doré.

96 — Petite coupe en argent.

97 — Hanap en porcelaine genre Capo di Monte, avec couvercle en argent gravé.

98 — Assiette en émail peint en grisaille : divinités marines.

99-100 — Trois plaques en émail peint de Limoges : saints personnages. xviie siècle.

101 — Deux flambeaux balustres en émail peint, style vénitien, relevé de dorure.

102 — Petit plateau en émail cloisonné du Japon.

103 — Deux petits miroirs, l'un biseauté dans un cadre ancien en bois sculpté et doré, et l'autre dans un cadre argenté.

104 — Six pièces en étain : cinq plats et un pichet.

105 — Quatre pièces : plateau en galvano, coupe-papier et deux seaux godronnés en cuivre.

PENDULES

106 — Pendule-applique avec socle en marqueterie de cuivre et d'écaille avec garnitures de bronze. XVIIe siècle.

107 — Pendule en marqueterie de bois noir, cuivre et écaille; garnitures de bronze : chutes, char du soleil, figurine de renommée, cadran ciselé et guirlandes de fleurs. XVIIe siècle.

108 — Pendule Louis XV, de forme contournée, en bois noir, garnie de bronzes.

109 — Pendule en marbre blanc et bronze, de *Leroy, à Paris ;* le mouvement, surmonté d'une Minerve, est accosté de deux colonnettes supportant des trophées. Fin du XVIIIe siècle.

110 — Petite horloge en cuivre.

MEUBLES ET ÉTOFFES

111 — Canapé Régence en bois sculpté, à coquilles et quadrillés ; dossier et siège cannés avec coussin de velours.

112-113 — Deux fauteuils Louis XVI, en bois sculpté et peint blanc.

114 — Secrétaire à abattant, en marqueterie de bois de couleur à fleurs. Travail hollandais. xviiiᵉ siècle. Dessus de marbre.

115 — Commode Louis XV à trois tiroirs, en noyer sculpté, garnie de cuivres.

116 — Commode Louis XV à trois rangs de tiroirs, en marqueterie de bois de placage, garnie de cuivres.

117 — Petit bureau Louis XV, à dos d'âne, en bois, garni de cuivres.

118 — Secrétaire Louis XVI à abattant, et deux portes en bois de rose et de violette ; garnitures de bronze ; dessus de marbre brèche d'Alep.

119 — Deux canapés en bois sculpté et doré, à quadrillages et rocailles, couverts en soie saumon brochée, à ramages et fleurs de couleur.

120 — Portière en tapisserie de la fin du xviᵉ siècle : personnages et paysage.

121 — Tunique en satin rouge violacé.

122-123 — Deux tapis d'Orient, l'un à fond rouge, l'autre à décor géométrique.